Tōng-but-hn̂g Tōa Tùi-koat

動物園大對決

ZOO

文 / **Tâi-oân ê ma-ma**

圖 / **A-ú**

QRCODE
講古 hō͘ 你聽

文化部
MINISTRY OF CULTURE

本冊榮獲

Tâi-oân Lô-má-jī Hiap-hōe
Taiwanese Romanization Association
台灣羅馬字協會

補助

國家圖書館出版品預行編目 (CIP) 資料

動物園大對決 / Tâi-oân ê ma-ma 文；A-ú 圖
-- 初版 -- 臺南市：亞細亞國際傳播社
2019.07
面；公分
ISBN：978-986-94479-5-9　（精裝）
1. 臺語 2. 讀本
803.38　　　　　　　108007523

Tōng-bu̍t-hn̂g Tōa Tùi-koat
動物園大對決

顧　　問/ 蔣為文 成功大學台灣語文測驗中心主任
主　　編/ Tiuⁿ, Gio̍k-phêng
作　　者/ Tâi-oân ê ma-ma
繪　　圖/ A-ú
校　　對/ Tân, Bō͘-chin
翻　　譯/ 英文 蘇代千
　　　　　日文 勝村亞紀
　　　　　越文 蔡氏清水
錄　　音/ A-ú；Oân-á; Tâi-oân ê ma-ma
出　　版/ 亞細亞國際傳播社
網　　址/ http://www.atsiu.com
電　　話/ 06-2349881
傳　　真/ 06-2094659
出版日期/ 公元2019年7月初版第1刷
　　　　　公元2022年3月再刷
定　　價/ 新台幣300元
I S B N/ 978-986-94479-5-9

本冊榮獲 文化部 MINISTRY OF CULTURE 補助

Tâi-oân Lô-má-jī Hiap-hōe
Taiwanese Romanization Association
台灣羅馬字協會

Tōng-but-hn̂g Tōa Tùi-koat

動物園大對決
ZOO

文 / Tâi-oân ê ma-ma

圖 / A-ú

Piān-nā ū sin ê tōng-bu̍t lâi,
  tōng-bu̍t-hn̂g tō ē pān 1 ê pí-sài
  hō͘ ta̍k-ke chham-ka.

Pí-sài ê hāng-ho̍k hō͘ sin lâi ê
tōng-bu̍t koat-tēng.

Lah-pà tō sī téng-pái ê koan-kun,
hit tong-sî sī pí-sài cháu-pio.

3 kang í-āu, sin ê tōng-bu̍t tō beh lâi ah.

Siūⁿ beh tiȯh-téng ê tōng-bȯt lóng teh ioh pí-sài ê hāng-bȯk sī siáⁿ.

Lảh-pà seng kiò ơ-kha-chiah-phiaⁿ ê
iá-liông àm-àm-á khì thàm-thiaⁿ.

Thiaⁿ-kóng i ê sin-khu
ū tn̂g-tn̂g ê hoe-chháu!

Án-ne ún-tàng
sī hó lah.

Liáu-āu,

là-pà tō khai-sí liān siû-chúi...

Bí-chiu-sai mā kiò lêng-niau
àm-àm-á khì thàm-thia^n.

Án-ne ún-tàng sī póe-thô·-chhí lah!

Thiaⁿ-kóng i chin gâu ó·-khang neh!

Liáu-āu,

bí-chiu-sai tō khai-sí liān ó·-khang…

Chhiūⁿ iang lȯk-tô-chiáu
thau-thau-á khì thàm-thiaⁿ.

QRCODE
講古hō͘你聽

Án-ne ún-tàng sī chôa-tiau lah!

Thiaⁿ-kóng i chin ài chiàh chôa!

QRCODE
講古 hō͘ 你聽

Liáu-āu,

chhiūⁿ tō khai-sí liān liảh chôa…

21

Sai-gû iang sai-gû-chiáu

thau-thau-á khì thàm-thia^n.

Án-ne ún-tàng sī sé-chhiú-hîm lah!
Kám ē pí siáng khah
chheng-khì-siùⁿ?

Thiaⁿ-kóng i ū kòa
o͘-jîn ê ba̍k-kiàⁿ!

Liáu-āu, sai-gû tō m̄-káⁿ koh khì
nòa lō͘-kô-á-moâi...

Lâi à! Lâi à!

Chài sin tōng-bu̍t ê chhia kàu-ūi à!

26

Hoan-êng hô-lî-tiau !

QRCODE
講古 hō͘ 你聽

29

Pí-sài ê hāng-bo̍k sī...

Bô gōa kú,

tȧk-ke lóng tȧuh-tȧuh-á oat-tńg-sin,

kā sin-khu-piⁿ ê pêng-iú lám--leh.

Tiōng-iàu kak-sek ê siāu-kài

lảh-pà

Lō͘-lìn cháu siōng kín ê tōng-bu̍t,
sî-sok ē-tàng kàu pah-it kong-lí.

hó͘

Chhiū-nâ ê ông, sin-khu ū o͘-sek,
tn̂g-tiâu ê hoe-chhàu, chin gâu siû-chúi.

bí-chiu-sai

Mā kiò-chò soaⁿ-sai, chin gâu
peh-koân-peh-kē, ài chia̍h thò͘-á,
iûⁿ-á kap lo̍k-á.

póe-thô͘-chhí

Chêng-jiáu chin chiam, gâu ó͘-khang,
kui-tīn tòa tī khang lāi-té.

chôa-tiau

Sī la̍h-hio̍h ê 1 khoán, siōng ài chia̍h chôa, sui-bóng chin tōa chiah, ū-sî mā ē hō͘-o͘-chhiu tok thâu.

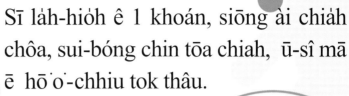

sai-gû

Siōng kah-ì nòa làm-kô͘-á-moâi, sai-gû-chiáu ē kā i sin-khu téng ê kià-siⁿ-thâng chia̍h-tiāu.

sé-chhiú-hîm

Ba̍k-chiu sì-kho͘-liàn-tńg ū o͘-mo͘, ē kā chia̍h-mi̍h khǹg ji̍p-khì chúi lāi-té sé-sé leh chia̍h chia̍h.

hô͘-lî-tiau

Tòa tī soa-bô͘, ū o͘-ba̍k-kho͘, ài chia̍h chôa, ti-tu kap gia̍t-á. Chin gâu o͘-khang, tiāⁿ-tiāⁿ kui ke-hóe-á lám chò-hóe.

The Big Competition at the Zoo

1. Whenever a new animal joins the zoo, there is a competition. Everyone is welcome to take part in it.

2. What the competition is about is up to the new animal. The Leopard was the champion the last time.
   The competition was about running.

3. In three days, the new animal will arrive. All the animals wanting to win the competition are trying to guess what it will be about this time.

4. First, the Cheetah secretly sends the Black-backed Jackal to get some tips about the new animal.
   (Black-backed Jackal): They say that the new animal has long stripes on its body!
   (Cheetah): The new animal must be the Tiger.
   Afterwards, the Cheetah starts to practice swimming...

5. Next, the Puma sends the Caracal to find something out about the new animal.
   (Caracal): They say it is a good digger!
   (Puma): Then it must be the Groundhog!
   Afterwards, the Puma starts to practice digging in the ground...

6. Then, the Elephant also sends the Ostrich to get some information about the new animal.

   (Ostrich): They say it loves to eat snakes!

   (Elephant): Then it must be the Crested Serpent-eagle! From that day on, the Elephant practices catching snakes.

7. Next, the Rhino asked the Oxpecker to also go find out something about the new animal on the sly.

   (Oxpecker): They say it wears dark glasses!

   (Rhino): That must be the Raccoon then! Will the contest be about who is the best cleaner?

   From then on, the Rhino doesn't dare go near mud again.

8. It's here! It's here! The van that carries the new animal is here!

9. Welcome, Meerkat!

10. The competition is on – hugging!!!

11. Pretty soon, everyone turns around slowly towards its neighbor and gives them a big, big hug.

動物の大対決

1. 新しい動物がやってきたら、動物園はいつも必ず試合を開催してみんなに 参加してもらっている。

2. 試合の内容は新しくやってきた動物が決める。前回はチーターが優勝で、種目は競走だった。

3. 三日後には新しい動物がやってくる。試合でいい結果を残したい動物たちは、試合の種目を予想し始めた。

4. チーターはセグロジャッカルに噂を聞きに行かせた。

   （セグロジャッカル）：体に長い模様があるらしいぞ！

   （チーター）：だったらトラに決まってるさ。

   そう言って、チーターは水泳の練習をし始めた。

5. ピューマもカラカルに噂を聞きに行かせた。

   （カラカル）：穴を掘るのが得意らしい。

   （ピューマ）：じゃあウッドチャックに違いない。

   そう言って、ピューマは穴掘りを練習し始めた。

6. ゾウもダチョウにお願いして噂を聞きに行ってもらった。

   (ダチョウ)：ヘビが大好物らしいよ。

   (ゾウ)：きっとカンムリワシだね！

   そう言って、ゾウはヘビを捕まえる練習をし始めた。

7. サイもウシツツキに頼んで噂を聞きに行ってもらった。

   (ウシツツキ)：黒いサングラスをかけているらしい。

   (サイ)：それは絶対アライグマだ。もしかして綺麗好き

   の競争かな。

   それからサイは泥の中でゴロゴロするのをやめた。

8. 新しい動物を乗せた車がついにやってきた！

9. ようこそ、ミーアキャットさん！

10. 今回の試合の内容は…ハグ！

11. それから間もなく、みんな近くの友達を抱きしめあいま

   した。

Đại quyết đấu ở Thảo cầm viên

1. Chỉ cần khi có một động vật mới đến là Thảo cầm viên sẽ tổ chức một cuộc thi để các con vật đều tham gia.

2. Nội dung của cuộc thi sẽ do con vật mới đến quyết định. Báo săn là quán quân của lần trước, lần ấy là thi môn chạy bộ.

3. Ba ngày sau, con vật mới sẽ đến. Các con vật muốn đạt được thành tích tốt đều phải đoán xem nội dung của cuộc thi là gì?

4. Báo săn gọi chó rừng lưng đen đi nghe ngóng tình hình trước.

   (Chó rừng lưng đen): nghe nói con vật đấy có những đường vằn dài dài trên lưng.

   (Báo săn): thế thì chắc chắn là con hổ rồi!

   Sau đó, báo săn bắt đầu luyện tập bơi lội...

5. Báo sư tử cũng gọi linh miêu tai đen đi nghe ngóng tình hình.

   (Linh miêu tai đen): nghe nói con vật đấy đào hố rất giỏi!

   (Báo sư tử): thế thì chắc chắn là con sóc đất rồi!

   Sau đó, báo sư tử bắt đầu luyện tập đào hố...

6. Voi năn nỉ đà điểu đi nghe ngóng tình hình...

   (Đà điểu): nghe nói con vật đấy rất thích ăn rắn!

   (Con voi): thế thì chắc chắn là con diều hoa Miến Điện rồi!

   Sau đó, voi ta bắt đầu luyện tập bắt rắn...

7. Tê giác năn nỉ chim đậu lưng bò đi nghe ngóng tình hình.

   (Chim đậu lưng bò): nghe nói con vật đấy đeo mắt kính râm màu đen!

   (Tê giác): thế thì chắc chắn là con gấu mèo rồi!

   Sẽ thi xem ai thích sạch sẽ hơn sao? Sau đó, tê giác không dám đến lăn lộn trong vũng bùn nữa...

8. Đến rồi! Đến rồi! Xe chở con vật mới đã đến rồi!

9. Hoan nghênh "chồn đất"!

10. Nội dung của cuộc thi là... ôm chầm lấy nhau!!!

11. Không lâu sau đó, các con vật từ từ quay mình lại và ôm chầm lấy người bạn bên cạnh mình.

Tōng-bút-hn̂g Tuā Tuì-kuat

1. Piān-nā ū sin ê tōng-bút lâi, tōng-bút-hn̂g tō ē pān 1 ê pí-sài hōo ta̍k-ke tsham-ka.

2. Pí-sài ê hāng-bo̍k hōo sin lâi ê tōng-bút kuat-tīng. La̍h-pá tō sī tíng-pái ê kuan-kun, hit tong-sî sī pí-sài tsáu-pio.

3. 3 kang í-āu, sin ê tōng-bút tō beh lâi ah. Siūnn beh tio̍h-tíng ê tōng-bút lóng teh ioh pí-sài ê hāng-bo̍k sī siánn.

4. La̍h-pà sing kiò oo-kha-tsiah-phiann ê iá-liông àm-àm-á khì thàm-thiann.
   Thiann-kóng i ê sin-khu ū tn̂g-tn̂g ê hue-tsháu!
   Án-ne ún-tàng sī hóo lah.
   Liáu-āu, La̍h-pà tō khai-sí liān suî-tsuí...

5. Bí-tsiu-sai mā kiò lîng-niau àm-àm-á khì thàm-thiann.
   Thiann-kóng i tsin gâu óo-khang neh!
   Án-ne ún-tàng sī pué-thôo-tshí lah!
   Liáu-āu, bí-tsiu-sai tō khai-sí liān óo-khang…

6.Tshiūnn iang lȯk-tô-tsiáu thau-thau-á khì thàm-thiann.

Thiann-kóng i tsin ài tsiȧh tsuâ!

Án-ne ún-tàng sī tsuâ-tiau lah!

Liáu-āu, tshiūnn tō khai-sí liān liȧh tsuâ…

7.Sai-gû iang sai-gû-tsiáu thau-thau-á khì thàm-thiann.

Thiann-kóng i ū kuà oo-jîn ê bȧk-kiànn!

Án-ne ún-tàng sī sé-tshiú-hîm lah!

Kám ē pí siáng khah tshing-khì-siùnn?

Liáu-āu, sai-gû tō m̄-kánn koh khì nuà lōo-kôo-á-moâi…

8.Lâi à! Lâi à! Tsài sin tōng-bȯt ê tshia kàu-uī à!

9.Huan-îng hôo-lî-tiau!

10.Pí-sài ê hāng-bȯk sī... **sio-lám**!!!

11.Bô guā kú, tȧk-ke lóng taȯh-taȯh-á uat-tńg-sin, kā sin-khu-pinn ê pîng-iú lám--leh.

教育部閩羅拼音版

A-ú ê animal tô͘-kàm

#01

ah-hó͘
Peregrine falcon

#02

Andes sîn-eng
Andean condor

#03

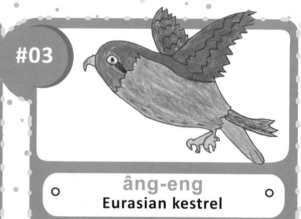

âng-eng
Eurasian kestrel

#04

âng-ho̍h
Flamingo

#05

bí-chiu-sai
Puma

QRCODE
講古hō͘你聽

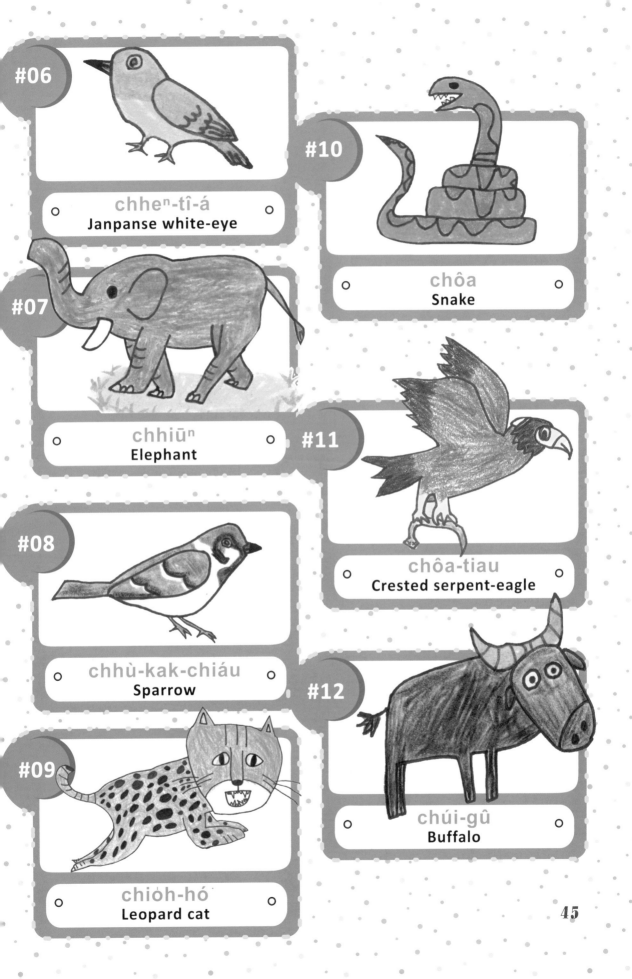

#06

chheⁿ-tî-á
Janpanse white-eye

#07

chhiūⁿ
Elephant

#08

chhù-kak-chiáu
Sparrow

#09

chioh-hó
Leopard cat

#10

chôa
Snake

#11

chôa-tiau
Crested serpent-eagle

#12

chúi-gû
Buffalo

45

#13

chúi-thoah
Otter

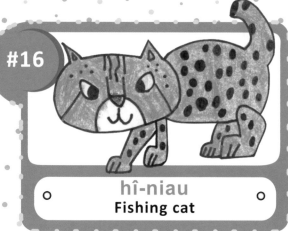

#16

hî-niau
Fishing cat

#14

hái-khiā-á
Gray heron

#17

hó
Tiger

#15

hî-eng
Osprey

#18

hô-bé
Hippo

QRCODE
講古 hō͘ 你聽

#19
hoe-lo̍k
Sika deer

#22
hô-hî-chiáu
Pelican

#20
hoe-pà
Leopard

#23
hô-lî
Beaver

#21
hoe-tiâu la̍h-káu
Hyena

#24
hô͘-lî
Fox

47

#25

hô-lî-tiau
Meerkat

#28

hûn-pà
Clouded leopard

#26

hó-niau
Ocelot

#29

iá-thò
Hare

#27

hún-chiáu
Pigeon

#30

káu
Dog

48

QRCODE
講古 hō͘ 你聽

#31
kâu
Monkey

#34
khóng-chhiok
Peacock

#32
khiuⁿ-á-hó͘
Yellow-throated marten

#35
lah-pà
Cheetah

#33
kho̍k-hî
Crocodile

#36
lâ-lí
Pangolin

49

#37 làm-á-tē-niau
Serval

#38 lêng-niau
Caracal

#39 lȯk-tô-chiáu
Ostrich

#40 o͘-bīn lā-poe
Black-faced spoonbill

#41 o͘-chhiu
Black drongo

#42 o͘-kha-chiah-phiaⁿ ê iá-lông
Black-backed jackal

QRCODE
講古 hō͘ 你聽

#43 o͘-pà
Black panther

#46 pe̍h-lēng-si
Egret

#44 o͘-pe̍h-bé
Zebra

#47 pe̍h-thâu hái-tiau
Bald eagle

#45 pak-ke̍k iá-lông
Arctic wolf

#48 pih
Softshell turtle

51

#49
póe-thô-chhí
Groundhog

#52
sai-gû-chiáu
Oxpecker

#50
sai
Lion

#53
sé-chhiú-hîm
Raccoon

#51
sai-gû
Rhino

#54
sèng-tàn-lo̍k-á
Reindeer

QRCODE
講古 hō͘ 你聽

#55

soaⁿ-àm-kong
Tiger bittern

#58

thuh-thâu la̍h-hio̍h
Vulture

#56

Tâi-oân o͘-hîm
Formosan black bear

#59

tn̂g-ām-lo̍k
Giraffe

#57

thiàu-lêng
Springbok

#60

tōa-hīⁿ hô͘-lî
Fennec fox

台語 8 聲調
做伙chhōe看覓

Tē 1 siaⁿ

sai

Tē 2 siaⁿ

hó͘

Tē 3 siaⁿ

pà

Tē 4 siaⁿ

pih

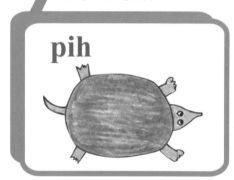

hó͘   sai

lȯk   kâu

gû   ke

hȯh   bé

Sńg-hoat 1. Chhiáⁿ chhōe chhut kap tô͘ sio tùi-èng ê gí-sû.

Sńg-hoat 2. Chhiáⁿ chhōe chhut ta̍k siaⁿ-tiāu ê gí-sû.

Tē 5 siaⁿ

kâu

Tē 6 siaⁿ

káu

Tē 7 siaⁿ

chhiūⁿ

Tē 8 siaⁿ

lo̍k

káu   chhiūⁿ

   pih   pà

   ah   thò͘

chiáu   ku

繪圖

A-ú / 蔣台宇
● 永康勝利國小

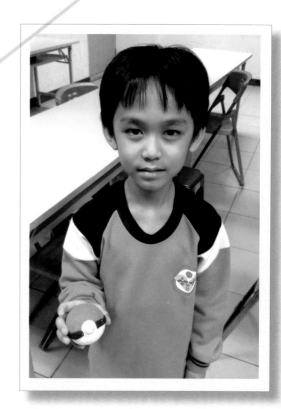

作者

Tâi-oân ê ma-ma
● 國立台灣師範大學台灣語文學系博士候選人